문학과지성 시인선 **463**

말뚝에 묶인 피아노

서영처 시집

문학과지성사

문학과지성 시인선 463

말뚝에 묶인 피아노

펴 낸 날 2015년 3월 2일

지 은 이 서영처
펴 낸 이 주일우
펴 낸 곳 ㈜문학과지성사

등록번호 제1993-000098호
주   소 121-879 서울 마포구 잔다리로7길 18(서교동 377-20)
전   화 02)338-7224
팩   스 02)323-4180(편집) 02)338-7221(영업)
전자우편 moonji@moonji.com
홈페이지 www.moonji.com

© 서영처, 2015. Printed in Seoul, Korea

ISBN 978-89-320-2689-3

지은이는 2008년 한국문화예술위원회 창작지원금을 받았습니다.

이 도서의 국립중앙도서관 출판예정도서목록(CIP)은 서지정보유통지원시스템 홈페이지
(http://seoji.nl.go.kr)와 국가자료공동목록시스템(http://www.nl.go.kr/kolisnet)에서
이용하실 수 있습니다. (CIP제어번호: CIP2015005912)

문학과지성 시인선 463

말뚝에 묶인 피아노

서영처

2015

오래전 그 빛이
다시 비치는 언덕

나무 그늘 아래서
초원을 내려다본다
바람이 얼굴로 불어온다.

2015년 2월
서영처

말뚝에 묶인 피아노

차례

시인의 말

1부 최초의 음악

2부 경건한 숲

1부 최초의 음악

한여름 밤의 꿈

강 건너 맹그로브 숲에는 사나운 어미 호랑이가 어슬렁거리고 있는데 내 바이올린 케이스 안에는 젖을 못 뗀 새끼 호랑이가 쿨쿨 잠들어 있는데 이 녀석이 수컷일까, 암컷일까, 아무튼 오늘은 내 결혼식날, 한껏 부풀린 드레스로 갈아입고 화관을 쓰고 하객들에게 둘러싸여 식장으로 들어섰다 정장을 한 당나귀 신랑이 벙글거리며 털북숭이 손을 내민다 박수 소리, 폭죽 소리, 남이야 쑥덕거리든 말든 누런 달이 떴는데 이상하다, 떡갈나무 아래 어른거리던 그림자 보이지 않네 떠들썩하던 웃음꽃 시들어가는데 흥겨운 음악도 멈췄는데 자꾸만 근질근질 발굽이 돋아나고 줄 끊어진 바이올린 금간 틈으로 맹그로브 나무들이 무성하게 자라난다 난 칭얼대는 새끼 호랑이를 안고 우유를 먹인다 그래 그래 착하지, 라디오에선 강을 훌쩍 건너뛴 호랑이가 마을을 습격했다는 소식, 숲을 내달리며 집채만 한 슬픔으로 포효하는 저 얼룩무늬, 아직 선물 상자들을 열지도 못했는데 어쩌나 아가야, 울울창창해지는 이 숲의 소리들을

장마전선

    지금은 깊은 잠을 훔친 구름걸레를 두들겨 빠는
시간 결백을 증명할 때까지 구정물을 헹구는 시간
빛이 번쩍거리고 밥알과 국 건더기 묻은 슬픔이 들
썩거리는 지금은 갓 솎은 상추에 졸인 고등어를 볼
이 터지게 싸 먹다 말고 먹구름을 따라나서는 시간
영문도 모르는 채 밀려온 구름들 묵식한 자루를 지
고 산맥을 넘어 북상하는 시간 숨이 막히는 오르막
쫓고 쫓기는 발굽 아래 검붉은 새끼를 뭉클뭉클 분
만하는 시간 태반을 찢으며 나온 구름들 태초의 음
악을 울어대는 동안 불그레한 진액이 흘러넘치는 강
엔 주검이 떠내려가고 지붕에 얹힌 어미돼지와 새끼
가 떠내려가고 쿠데타 쿠데타의 어슴푸레한 저녁 수
수밭 건너와 낮술 한잔씩 걸친 수수방관의 구름들
종일 내달린 혈기 방자한 놈들도 전깃줄에 다리를
척척 걸치고 가랑이의 물기를 짜내며 시퍼래진 입술
로 한 개비씩 담배를 나눠 피며

디, 디, 디제이 하는 염소들

꽃 진 언덕 구름 피어난다 말뚝에 매인 염소들, 날마다 똑같은 축을 물고 맴 맴 맴돈다 반경 내의 풀들은 키가 작다 검은 정장을 한 염소, 수염을 기른 흑염소들이 뿔로 둥근 대기를 긁는다 파랗게 돋아나는 악보, 풀을 뜯는다 풀 향기 맡으며 메—— 턴테이블 위 여러 장의 음반, 염소들은 바람을 베끼고 구름을 훔치고 땅을 긁어 오물오물 대기와 대지를 믹싱한다 전혀 딴판인 음악을 리믹스한다 염소들의 영혼이 담긴 메— 에—— 메— 에—— 언덕을 날아다니는 염소들의 랩, 기절할 듯 열광하며 몸을 눕히는 잡초, 수컷은 연방 음표같이 까맣고 동글동글한 똥을 눈다 골짜기엔 염소탕으로 보신한 중년의 남녀들 노래방 기계에 맞춰 피둥피둥한 몸뚱이를 흔들어댄다 저들 몸속에서 쿵 쿵 되울리는 음악, 경사진 언덕 검은 디 디 디제이들, 레 레 레코드판이 미 미 밀리고 당기고, 뭉게 뭉게 뭉게구름 위로 퍼져가는, 메— 에— 에—— 메— 에— 에——

구름부족들

　구름부족은 구름 냄새를 피운다 구름부족은 내 이
불 속으로 시 속으로 함부로 드나든다 구름부족은
유목민, 국경을 넘나드는 무국적자들, 족장은 부족
을 거느리고 바람과 태양이 다스리는 붉은 강의 골
짜기에 머문다 천막을 치고 피리를 불고 살찐 양떼
구름이 흩어져 풀을 뜯는다 빛살 도끼를 휘두르는
부족의 전설은 강을 따라 흘러내려 늑대들도 얼씬거
리지 못한다 부족의 기원은 거룩한 날로 거슬러 올
라간다 소나기와 뭉게, 새털, 장막, 조개 구름혈족의
내력은 일일이 헤아릴 수 없지만 그들의 상징과 은
유는 수많은 두루마리에 기록되어 있다 마술을 부리
는 부족이 안개를 흩어 강의 발원지 유서 깊은 마을
을 에워싼다 마을이 고립된다 사라진다 구릿빛의 늙
은 카우보이가 구름평원을 달린다 구름보다 빨리 구
름보다 자유롭게, 구름평원에 빛의 신비화성이 울려
퍼진다 멕시코선인장에 붉은 꽃이 피고 카우보이는
구름부족으로 귀화한 자들의 발자국을 모아 저녁 지
을 땔감으로 쓴다 모닥불 타오르는 밤, 구름부족은
광활한 평원에 방랑을 꿈꾸는 시인의 책을 완성한다

12

불면

거대한 불가사리 같은 바단지린사막이 스멀스멀 내 이부자리로 기어오른다 쩍쩍 갈라지는 등을 긁는다 타박타박 자판 치듯 낙타 떼가 옆구리를 횡단해 가고 얼룩덜룩한 잠 속으로 스며드는 냄새

아주 먼 곳에서 날아오는 듯한 담배 연기, 코끝에 앉아 날개를 접었다 폈다, 누런 갱지들을 허물처럼 벗어놓고 사막은 밤새 내 등 위에서 뒤척거린다 모래 폭풍이 일고 누각이 파묻히고

멀고 먼 추억의 스와니

그리워라, 당신 흔적을 따라

앨라배마 루이지애나를 거쳐 증기선을 타고 헤맨
지 수년

어디에도 머물지 못하는 당신 몸속 시퍼런 물길을
지도에 표시해봅니다

흥얼거리는 한 자락 노래 같은 길

당신은 한 번도 길을 잃지 않았더군요

어떤 이는 공원의 벤치에서 마른 빵을 씹는 당신
을 보았다 하고

어떤 이는 벤조를 울리며 걸어가는 당신을 보았다
하고

외로움에 먹혀 험상궂은 짐승이 되어 금광으로 흘
러갔다 하고

나는 당신이 지나간 길에서 태양과 먹구름, 천둥
냄새를 맡아요

세월이 갈수록 당신 희미해져

눈을 감아야 엽맥 같은 모습이 보이네요

켄터키 옛집엔 여름을 못 견뎌 칸나가 피고 있어요

뭉게구름 사이로 그래요, 저렇게 키 큰 칸나는 처
음이에요

저 붉고 깊은 음원을 단숨에 들이킨 당신, 피 속에
태양이 흐르고

머리 위론 폭포 같은 햇살 쏟아져 내리고

태양이 최후의 악보라고 당신, 또 내 귓전에 중얼
거리고

그리워라 스와니,

나는 늙고 이제 당신의 장르는 슬픔이 깃들어 잠
이 올 듯한 담회색

날마다 되불러보지만

고장 난 테이프처럼 혀뿌리를 겉돌기만 하네요

다시 봄날

1

책갈피에 앉는다
두툼한 잎사귀 속으로 더듬이를 내린다
숨 쉬지 마라
고요한 날개
왕의 비빈들 가운데 가장 아름다운 나비가
글자를 훔친다

2

　호피무늬로 치장한 나비, 하느작하느작 허스트 명
품관에서 쇼핑하고 오늘은 마사지 숍에 들르는 날
눈썹 다듬고 손톱을 붙이면 실금 파인 눈가에 졸음
이 내려앉는다 꽃병에는 붉은 튤립 한 다발 장자는
먼 봄꿈 속으로 출장가고 창밖엔 구름, 나비는 거울
을 보다 초초상*처럼 초조해져서 담배를 깊숙이 빨

아들인다 무덤처럼 고요한 봄날, 여기저기 주저앉아
똥을 누는 민들레, 검은 차에 타고 귀 얇은 귀머거리
나비 포르말린 향기에 날개를 접었다 폈다

3

  무엇에 홀려 식당 즐비한 그 골짜기로 접어들었
는지 물오른 조팝나무 가지마다 떡고물처럼 묻어 있
는 흰 꽃, 비킬 곳도 돌아설 곳도 없는 흐드러진 나
무 아래 홀레붙은 검은 개, 주춤주춤 비켜서는 떨어
지질 못하고 쳐다보는 간절한 눈빛, 토요일 오후 천
천히 차를 몰고 그 많은 봄날이 한꺼번에 쳐들어왔
나 거울 속 웅성거리는 빛과 기막힌 어둠, 온 산 만
장 같은 진달래 산벚나무,

  * 오페라 「나비부인」.

옛날의 금잔디

그렇지 그럼, 매기가 살았지
햇살이 무리지어 모여드는 강가
나비를 쫓고 들꽃을 꺾고
날마다 머리를 감고 다슬기를 잡았지
그물을 던지는 남자들
밤이면 바람 지나는 강둑에 자리를 펴고,
우— 우— 늑대가 울던 곳
찐 감자같이 으깨어 먹고 싶은 달
뜨물 같은 속살을 가진 매기가 살았지
넓고 넓은 강가, 다닥다닥 발 내린 집들
여자는 낯선 남자를 따라 떠났지
미친 듯 거리를 헤매던 아비
강물은 소리 죽인 채 흐르고

바람 한 줄기 서늘하게 허리를 감던
그래, 달맞이꽃 환하게 피던 밤, 개들이 짖어대던 밤
여자는 만삭의 몸으로 돌아왔지
머리를 깎인 채 방 안에 갇힌 매기, 아이를 낳다

죽은 매기

　늙은 아비의 지게에 실려 강으로 갔지
　바람 타고 계면조 가락으로 어른거리던 연기
　아비는 땅꾼이 되어 산을 헤매고
　자갈이 핏기 없는 낯짝을 드러내던 봄날, 사내애
들은 재를 헤쳐 노잣돈을 주워오고
　세월의 둘레를 흐르는 강, 매기가 살았지
　봄 가뭄 든 강처럼 잠은 얕고
　슬픔은 늙은이의 등에 들러붙어 떨어지지 않았지
　너는 매기의 딸, 풍금을 쳐보렴
　페달이 일으키는 바람 속으로 매기를 불러보렴
　큰 바다 어디쯤 해바라기하며 빛을 모으는
　어미의 시퍼런 운명을 너끈히 받아내렴

후미진 굴헝[*]

여자의 키보다 깊었다
클레멘타인, 내 사랑 클레멘타인,
그는 취한 듯 휘청거린다
왕버들 뭉게구름처럼 잎사귀 피어올리는 굴헝
들릴 듯 말듯 옛 노래 들려온다
가을이 온다
여린 별들 거미줄에 걸려 파닥거리고
그는 굴헝으로 내려간다
사수자리 피해 물고기자리로 날아가는 백조
물에 젖는 달
달에 젖는 굴헝
밤 기차가 비명을 지르며 마른 강을 달려간다
간질하듯 드러누워 흰 자갈을 토해내는 강,
부글거리는 저 강의 발작은
오래전 가련한 여자를 삼켰던 가책
그렇지 그렇지
노래를 채운 구름이 환하게 떠가고
강 건너 캄캄한 클레멘타인의 집

'빛과 향의 길'이었다고

풀벌레 소리 속에 깜박, 코를 곤다

그는 구름정거장에서 버스를 기다리는 남자

바지를 툭, 툭, 털고 일어나 코를 푼다

나뭇가지에 상의를 찢긴 채

비틀비틀 자갈길로 걸어 나온다

클레멘타인, 우물이 깊은 클레멘타인,

낡은 곡조 속에 처박혀 또 하염없이 잊힌다

* 미당, 「내 永遠」.

식사

방금 공연을 마친 맹인 여자가
천막 뒤에서 밥을 먹는다
바나나 잎사귀에 담긴
날아갈 듯 푸슬푸슬한 안남미와 카레를 섞는다
현을 짚어 소리를 다독이고 흔들 때처럼
촉수 끝에 버무려지는 축축한 물기
혀보다 붉은 손가락들이 먼저 요기를 한다

우는 아기 젖 먹이듯
악기를 안고 칭얼거리는 소리들을 달래는
캄캄한 밤 눈먼 사랑을 야금야금 먹어 들어가던
다섯 손가락 부드러운 혀들의 미각,
식사를 마친 풀무치 같은 여자가
눈웃음치며 뺨에 묻은 밥풀을 떼어 먹는다
각자의 인격을 배려하듯
젖은 손가락을 차례차례 핥는다

아무렴 아무르

1

희미한 램프 아래 예배당은 사람들로 차 있었다
예배는 지루했다 나는 커다란 방석에 누워
떨며 꺾어 내리고 느리디느리게 부르는 찬송을 들
으며
잠 속으로 빠져들었다
산을 내려와 어둠 속을 서성거리는 호랑이
애는 잠들면 누가 물어가도 몰라
어느새 키 큰 나무에 업혀 흔들리던 시간
산을 몇, 강을 몇이나 넘고 건넜는지
성큼성큼 큰 보폭으로 별에 닿았다 달에 닿았다
곤한 아침에 눈을 뜨면
호랑이는 나를 내려놓고 어디로 달아났나?
초록이 우거지기 시작했다

바람 부는 날이면 창밖에 어른거리는 무늬
고층 아파트 동과 동 사이를 가로지르는,

어홍— 멀리서도 들려오는 헛기침 소리
털을 곤추세운 호랑이
나를 업고 수십 년을 훌쩍 뛰어 여기다 내려놓으
셨나
검버섯 얼룩덜룩 돋은 아버지 떡을 잡수시네
무성하게 잎이 돋아 내 잠을 덮은
아무렴 아무르, 당신 발자국 거슬러 가면
빽빽하게 차오르는 검은 강물과 숲
둥 둥 둥, 샤먼의 북소리에 눈을 감자 아무렴
아무르 호랑이 나를 태우고
소리도 없이 숲 속을 달리기 시작했다

2

그는 포효한다
눈 덮인 들판을 들었다 놓았다
우랄에 닿을 때까지

아무렴, 아무것도 묻지 마라
난 아무 데서도 아무에게서도 나지 않았다

3

수요일 밤이면 혼자 집을 지켰다
털북숭이 앞발로 방문을 긁어대는 늑대들
널 잡아먹어야겠다
훔친 기저귀를 뒤집어쓰고 키득거리며
미닫이문을 열었다 닫았다
멀리서 날아오는 강냄새를 맡고
늑대들은 도망을 쳤다 요단강인지 아무르 강인지
흥얼흥얼 찬송하며 돌아오는 밤
그의 가슴에 강물이 넘쳐
아무렴, 마당으로 마루로 차오르면
믿음직한 그림자가 드르륵 방문을 열고
어둠의 시간이 끝나는 것

안도의 숨을 내쉬며 나는
아무르의 깊음 속으로 천천히 밀려 들어갔다

4

자작나무 그늘에서 자장가를 불러주며 그는 나를
길렀다
내 꿈은 자전거를 달려 아무도 가보지 못한 깊은
숲까지 가는 것
거기서 숨죽이며 호랑이를 기다리는 것
아무 아무 아무르
묵묵부답 흐르는 곳

5

아버지는 뒷산 호랑이처럼 눈이 크고 키가 큰 사람

예배당 마당에서 차올린 공은

해가 되었다

달이 되었다

6

잔디 잔디

호랑이 털처럼 까칠까칠한 금잔디

나는 금잔디 무덤과 나란히 누워 구름을 본다

눈을 감으면 그가 건너온 누런 들판

출렁거리는 능선

아무도 모른다

이따금 그가 굶주렸다는 사실, 아무렴

아무르 강가엔 호랑나비 떼 같은 햇살

그가 삼켰다 뱉어놓은 얼룩덜룩한 돌멩이들

노란 샤쓰의 사나이

낡은 라디오에서 네 허리의 굴곡 같은 노래가
흘러나와 무쵸, 무쵸, 나를 끌어당길 때
돌아보면 나뭇잎들 신록을 연주하는 가로수 길,
물방울무늬 머리띠, 꼭 낀 원피스를 입은 네가 핸
드백 흔들며 다가온다

광화문 네거리 손차양하고 신호등을 기다릴 때
눈시울 간질이며 바이올린의 고음 같은 햇살, 널
닮은 실루엣을 그려내는지
건너편 길에 네가 서 있다
갸우뚱, 고개 젓는 사이 아스팔트 아지랑이 위로
너는 사라지고 나는 사람들에 떠밀려 길을 건넌다

인파 쏟아지는 역사 계단
지하철 입구를 구불구불 흘러 들어가는 사람들 속
에서
숙명이니 순정이니 늘어지는 유행가 가락 속에서
잡을 듯 널 놓치곤 한다

네 둔부처럼 무겁게 휘어지는 골목

불빛 희미한 담배 가게에서 흘러나온 노란 샤쓰의
사나이

추근거리며 옛 그림자를 한참이나 따라간다

포도밭 도서관

탱자나무 울타리, 한삼덩굴, 개망초 군락을 제자처럼 거느리고 소요학파의 늙은 학자처럼 저녁 길을 걷는다 철둑 너머 향기로운 포도밭, 수크령이 거웃처럼 돋아나는 길을 걸어 저녁마다 포도밭에 들른다 울타리에 기대 천천히 한 권의 포도밭을 읽는다 가지런한 문맥, 푸른 활자, 송이송이 익어가는 문장의 혀끝에 닿을 듯 새큼한 향기를 맡는다 이 포도밭의 행간에도 광대나물, 토끼풀, 강아지풀이 꼬리를 흔들며 돌아다니고 나는 검지에 침을 발라 여러 페이지를 넘긴다

칠월, 포도의 피가 싱싱하게 익어간다
어떤 식욕에 당겨
나는 닥치는 대로 포도밭을 먹는다
신맛으로 진저리쳐지는 유혹

포도 순들이 허공을 향해 기어가는 밤에는
지하 저장고의 기포 소리

강 건너 기찻길 너머에서
낭랑하게 책 읽는 소리 들려온다

*f*홀

1

 따뜻한 음역의 바다 소년 단원들 음표처럼 물장구
치며 간다 얼핏, 후각을 자극하는 피냄새, 한낮의 휴
양지 차양 아래 웃음들 싱그러운데

 찢어진 눈, 뭉툭한 머리통, 어뢰처럼 미끄러진다
shark shark shark 바다를 두 조각으로 자르는 지느
러미, 쏟아지는 햇살 아래 눈을 감는다 출렁거리는
평화를 접수한 자 심해를 다 삼킨 자

 긴 꼬리 여미며 사라지는 저 순찰선 후미를 우지
끈 들이박겠다 낭떠러지로 몰아버리겠다 농익은 벌
거숭이들 떠다니고 더위 먹은 바다 기우뚱거리는데
백상아리 해안선을 툭, 끊어버린다

2

　금요일 밤 *f*홀에서 콘서트가 열리고 있다 두근거리는 몇 개의 문을 거쳐야 들어갈 수 있는, *f*홀에서는 깜깜, 자신을 지워야 한다 출몰하는 백상아리 추격하는 피아니스트 아우성치는 바다가 작살을 받는다 피로 흥건해지는 홀, 대리석 기둥에 기대 누가 지난여름을 흐느끼고 있다

손수건

마술사가 내 손수건을 낚아챘다 마술사는 얼룩
진 손수건을 탁탁 털어 펼쳤다 장미가 피어났다 나
는 짓무른 눈으로 웃었다 장미는 붉은 편지 마술사
는 물먹은 편지를 비틀어 짰다 천둥 치고 폭우가 쏟
아져 내렸다 순식간 늪이 생겼다 수초 사이로 유혈
목이가 목걸이처럼 늘어져 헤엄쳐 가고 오이, 가지,
참외가 둥실둥실 떠다녔다 플랑크톤 풍부한 내 눈물
속 물고기가 첨벙거리고 마술사는 다시 손수건을 펼
쳤다 흰 비둘기가 푸드덕 날아갔다 마술사는 연거
푸 비둘기를 날려 보냈다 돌아오지 않는, 높이 떠올
라 구름이 되는 비둘기, 7월 하늘 뭉게뭉게 피어오른
다 백서 같은 대자보 같은 그가 떠날 때 가장자리마
다 정성스럽게 새발뜨기 한, 건네주지 못한 거즈구
름들이 나뭇가지에 걸려 내 눈시울의 눈물을 찍어낸
다 장마는 소강상태 비 갠 빌딩 숲 위로 고깃집 살균
한 물수건 같은 표백된 기억들 떠다닌다

줄넘기

줄을 넘는다 팔짝팔짝 바닥을 짚고 공중제비하는 계집애들 긴팔원숭이보다 길어진 팔이 줄을 넘긴다 즐거워 즐거워 구경하던 아줌마 주책없이 뛰어든다 꼬마야 꼬마야, 게양대에 펄럭이는 태극기, 운동장 모서리 늘어진 수양버들이 걸려들고 구령에 맞춰 트랙을 도는 야구 선수들, 구멍가게 앞 불량 식품을 뽑는 아이들이 차례로 말려들고 순식간 나타난 사내 녀석 두엇 줄을 잘라 도망친다 새끼늑대들처럼 우― 우― 울부짖으며 달아난다 홀러덩 치마를 뒤집고 재주넘던 계집애들 소리 지르며 따라간다 메롱, 메루산 꼭대기로 올라가버리는 늑대들 빼앗은 줄을 주렁주렁 나무에 걸치는 동안 접시꽃이 담을 넘고 더 알 것도 모를 것도 없는 서른여덟 서른아홉, 치마 아래 하나 둘 꼬리가 돋아나고 노상강도처럼 마흔이 떡하니 길을 막고 서서 거저먹은 세월 내놔라! 식칼로 목을 겨누는데 꼬마야 꼬마야 뒤를 돌아라

마리아 엘레나*

　당신은 크림 대신 뭉게구름을 두어 스푼 얹어 커
피를 마신다 입술 가득 구름을 묻히며, 한가한 오후
당신은 천천히 구름 도넛을 피워 올린다 하늘에는
펄떡이는 붉은 심장이 걸려 있고 무슨 비행단 같은
햇살 붕붕거리며 쏟아져 내리고 도시 위로 만발하는
구름, 집집마다 흰 빨래들 일렁거리는데 야자수 아
래선 악사들이 기타를 치며 당신을 위해 노래 부른
다 두터운 입술에서 선율이 흘러나오는 순간, 난 느
꼈다 아름다움과 위엄을 갖춘 마리아 엘레나, 당신
은 발코니에 모습을 드러낸다 함박웃음 날리며 체취
묻은 손수건을 흔든다 6월 눈부신 소칼로 광장, 분수
대에는 흰 불길이 타오르고 거리엔 올리브나무 가지
들이 기타 소리를 받아 찬찬히 흔들리고 뻑뻑한 햇
살, 당신의 궁으로만 내려 비치는데 공화국이 조성
한 붉은 꽃길을 따라 아이들은 흥얼거리며 하교를
하고, 흔들의자에 앉아 나는 당신을 듣는다 생의 찬
란한 오후, 당신을 겪고 당신을 이겨 당신이 된,

* 멕시코 12대 대통령의 부인 마리아 엘레나에게 헌정한 로렌스 발세라티의 곡, 냇 킹 콜이 리메이크함.

오리온자리

내가 그 별빛의 반경 안에 들어섰을 때
꽃병과 접시들은 깨끗이 치워져 있었다
하지만 나는 격자무늬 식탁보에 배인
장미 향기와 생선 비린내를 맡는다
장미 다발은 시들어가고
버려진 향기는 자글대는 별들의 소음과 아무런 상
관이 없다

오리온자리에서는 천문이나 기하보다 화성학을
들먹이게 된다
하지만 저건 음악이 아닌 정물일 뿐이다
새 원근과 구도를 제시하는, 나는 행주질하며
발라낸 생선가시와 밥알 같은 별들을
겨울산 바람 잔 골짜기로 털어버린다
냄새가 퍼지면 한동안 파리가 낄 것이다

꽃병에 물이 말라가고
빈 병에선 맑은 소리가 난다

나는 실수로 벽자색 꽃병을 넘어뜨린다
남은 물기마저 날아가고
어룽거리던 꽃의 흔적이 지워진다

경고, 민들레

지난겨울 매설했다
초록의 톱니를 두른

밟히고 밟혀 문들어진
문들레 민들레

잔디밭 가로지르는 발꿈치 뒤로
수백 개 해가 뜬다

째깍, 째깍,
조심해라! 밟으면 터진다, 노— 란
발목을 날려버리는 대인 지뢰

하늘에도 피었다
흰 구름 폭발하는 곳 꽃,
절름거린다
목발 짚은 봄

거울 속 거울

바람 한 점 없다 산과 강 누런 들판 반짝거리는 나
뭇잎, 거울은 태양을 끌어당겨 봄여름 가을겨울 봄
여름 가을겨울, 가을이 마흔 번이나 왔다 가고 액자
속의 액자, 액자 속의 액자, 지루한 그림을 누군가
그려댔다 거울의 미궁에서 제1바이올린은 제2바이
올린을 낳고 제2바이올린은 비올라를 낳고 비올라는
첼로를 낳고 첼로는 더블베이스를 수북이 낳아 시끌
벅적 오케스트라를 만들고, 오케스트라는 울창한 열
대우림을 만들고 살 깊숙이 상아 건반 박힌 코끼리
들을 만들고 코를 높이 치켜든 코끼리들은 파이프오
르간을 만들고 귀를 펄럭이며 객사 기둥만 한 다리
를 구르며 우레를 만들어 거울 속 눈부신 거울 골짜
기 마사이 마라 강이 흐른다 이룰 수 없는 꿈과 꿈
사이 지우고 지워도 허기져 쫓아오는 하이에나 떼

언덕

전쟁이 난다는 흉흉한 소문이 돈 것처럼
아이와 나는 급히 짐을 싸고 그 도시를 떠났다
말라버린 수로 위로 줄지어 선 플라타너스
검은 별들이 가득 매달려 있었다
우리는 밑도 끝도 없이 잤다
공항에서도 터미널에서도
근심의 먹구름이불에 짓눌려,
귀때기 새파란 놈이 다리를 떨며
　창틈으로 휘파람을 불어대는 껄렁껄렁한 계절이
었다
　동파된 수도관에서 눈물 콧물 같은 것이 질질 흘
러내렸다
　아이와 나는 밤새 하얗게 늙어
　이가 뭉청뭉청 내려앉는 꿈을 꾸었다
　새벽에 장작불이 꺼지듯 한 시절이 사라졌다
　나는 쌀을 씻어 마음을 앉히고
　뜨물처럼 흐린 하늘
　쌀 낱같이 박혀 있는 별들을 본다

저 별빛은 아직 소식이 전해지고 있는 오래된 과거
포화 속에 천막을 치고 허무는 동안에도
밤이면 별이 총총한 언덕을 생각했다
우린 왜 거기 머물지 못하고
나는 여기 당신은 멀리
동굴처럼 울리던 컴컴한 트럭 안
쑥과 마늘을 앞에 두고 사람이 될 기회를 앞에 두고
당신은 내렸다
국경에서 사람들이 죽어갔다
나는 기다린다
별 모양의 총구멍 숭숭한 벽에 기대
이따금 머리칼을 들치면
흰 쥐처럼 소복이 들어앉아 소스라치게 하는 세월

눈물

1

갈라져 타오르는 강바닥, 악어는 상류를 향해 비
칠비칠 기어오른다 습한 동굴을 찾아 긴 꼬리 끌고
간다 전봇대 근처 사글세 동굴을 발견하고 기어든다
온 몸이 식욕이던 놈 우기의 추억을 쩌업 다시며 진
흙에 턱을 묻는다 얕은 잠이 들었다 깼다 누군가 문
을 두드리고 묵묵부답 버티는 동굴엔 전단지 같은
햇살만 덕지덕지 붙었다 떨어진다 시간이 증발해버
린 강가 악어는 먼 호수의 비린내를 되새김질한다

2

구부정한 노인 봄 냉기를 떨치고 나와 급식소 행
렬에 줄을 선다 주둥이가 닳아 마른 버즘이 허옇게
핀 구두, 악어처럼 아가리를 쩌억 벌린다 배가 등짝
에 들러붙은 노인, 김이 무럭무럭 피어오르는 식판

을 받는다 뜨거운 국물을 한 숟갈 천천히 떠 넣는다
구름을 뚫고 나온 햇살처럼 내장 깊숙이 따갑게 스
미는, 산맥을 넘듯 어깨와 등허리 돌아 관절 구석구
석 어둠을 밝히는 국물, 국민은행 앞 은행나무에 누
런 타올을 걸쳐놓고 여자는 집 나간 남편을 욕하며
생선을 토막냈다 돌아와도 뻔할 국민을 기다리며 은
행 알 같은 동전을 셌다 밥알이 목구멍으로 넘어갈
때마다 독거노인 짓무른 눈에선 뜨끈한 국물 같은
눈물

폭설

복도가 긴 격리 병동
흰 가운을 입은 의사와 분열증 환자들이 모여
오래된 병원의 역사를 이야기한다
얼룩진 세계를 전복시킬 모의를 한다
환자들은 들떠 난상토론을 벌인다

병동은 달아오른다
모든 미래를 백지화하라!
환자들은 머리에 띠를 두르고 구호를 외친다

백 색 표 어, 백 색 소 음, 백 색 정 의, 정 백 백
색, 공 포 공 백, 색 혁 혁 명, 백 색 경 보, 백 명
색 설, 설 원 설 원, 백 색 공 화, 국 백 백 백, 색

밤새 누가 도시를 점령한다
백색 문체의 담화문이 걸리고

경광등을 번쩍거리며 앰불런스가

거칠게 저항하는 자들을 싣고 온다
파쇄기 속에서 부서져 내리는 서류 뭉치들

병동은 사라진다
백색 알약을 먹고 백기를 흔들며 무연고 환자들
쏟아진다
세상은 거대한 봉분
묻힌다, 아무 일 없다는 듯
다 묻힌다

혀

얽히고설킨 필름
제동장치가 고장 난 열차
수챗구멍에 뿌리내린 나무

필름은 천연색으로 인화되고
열차는 먹구름 뿜으며 내처 달려가고
나뭇가지엔 검은 이파리가 구시렁거리며 돋아난다
빨간 하이힐, 망사 스타킹, T팬티가 걸리고
메피스토펠레스의 망토를 입은 까마귀 떼들 몰려와
왁자지껄 떠들다 날아간다

여자가 식목한 허상의 나무들이 숲을 이룬다
무덤들 들어서고 한 무리 유령을 실은
황천행 기차가 경적을 울리며 지나가고

병든 숲엔 절룩거리는 초식동물
부스럼 난 맹수가 어슬렁거린다
숲을 기웃거리는 자

허천 들린 식욕들이 달려들어 숨통을 끊어놓는다
피투성이 얼굴로 뜨끈한 피를 핥는다

누가 종달새 목에 종을 달았나

간수에 담긴 말간 구름두부를 파는
종을 달고 다니는 새여
종일 종을 치는 종지기 새여

잔심부름하는 계집애처럼 부산스러운 새여
떨어지는 음표를 물고 솟구치는 새여

보리밭은 일렁거린다
겨울의 장례를 치르는 초록 상제들
이랑을 타고 돌아와 더 멀리 밀려가는 울음
들꽃 피어나는 논 둑 위로
새는 곤두박질치며 상두꾼들을 이끈다

누가 종달새 목에 종을 달았나
종 줄을 당겼다 놓았다 종을 치나
누구를 위하여 새는 우는가
하늘 속으로 풍덩 빠져 날개를 적시고 돌아오는
누가 새의 긴 줄을 잘라버릴 것인가

구름 한 점 없는 화창한 날
여자는 종달새처럼 종알거리며 흥얼거리며
유방의 고름을 짜내고 뜸을 뜬다
병처럼 깊디깊어
만발하는 봄날

쥐

느릿느릿 하수구로 사라진다 내 가파른 잠 속에
새끼를 친다 눈 못 뜬 새끼들 빨갛게 오글거리는데
시궁창을 돌아다니며 불길한 소문을 구해와 새끼들
에게 먹인다

뒤척이는 얼굴에 무수한 발자국을 찍어놓고 사라
진다 막다른 골목, 서성거리는 나를 향해 머리털을
곤두세운다

먹이 찾아 초겨울 들판으로 내닫는다 비를 흠뻑
맞고 무덤가를 두리번거린다 어느 무덤엔가 구멍을
파고든다

아스팔트 위를 달려와 밤새 욱신거리는 내 어깻죽
지와 위장을 갉는다 추억 위에 낡은 책갈피 위에 오
줌을 지려놓는다 긴 꼬리로 컴퓨터에 접속한다 겨울
밤 내 꿈을 접수한다

속이 쓰려 갤포스를 찾는 새벽, 거실 구석에 웅크
리고 있다 어둠으로 똘똘 뭉친 양말 짝

자격루*

고추 방앗간 쪽마루에 쪼그리고 앉아
중얼중얼 신세타령을 하며 찔금거리는 여자,
옆 가게 닭집 아줌마가 다가와
토닥토닥 등을 두드리자
설움에 겨워 큰 소리로 울기 시작한다
간밤 남편이 노름판을 벌이고 와
실랑이를 했는지
손찌검을 당했는지
여자의 눈물은 뜨거운 간헐천이다

잘 참았다
울 때가 됐다

휴지 조각이 달라붙은 벌게진 눈가
실금이 선명하다

* 물이 흐르는 성질을 이용하여 일정한 시각에 소리를 내게 한 물
시계.

붉은 천

피아노 위에 올려놓은 캄보디아 악기, 활로 두 개의 현을 그으면 끈적한 멜로디가 머리를 밀고 나와 바닥을 스멀스멀 기어다닌다 굴촉성인 이 찰현 악기, 이름은 모른다 무더운 염천 암나무 그늘에서 5불에 흥정했다 깡마른 아이가 켜던 활 끝에는 붉은 끈이 묶여 있었다 무슨 연맹과 여맹, 자아비판의 뜨거운 색, 아이는 커다란 비닐봉지에 악기를 넣어 주었다

가죽을 씌운 파파야 통에서 낮은 소리가 웅얼거린다 국경엔 똬리를 튼 장님 악사, 구걸하는 아이들, 구릿빛의 험상궂은 군인들이 가방을 옮겨다 주고 돈을 거둬갔다 여름밤 악기를 안고 켜면 굼실거리는 멜로디를 따라 줄지어 나오는 사람들, 양손을 뒤로 묶인 채 검은 봉지를 뒤집어쓴 사람들, 가쁜 숨이 활 끝에 할딱거린다 벌떡 일어나 가위를 가져온다 마룻바닥에 널브러지는 뱀

2부 경건한 숲

THE

    THE #은 반음 높은 지대에 자리 잡는다 THE #은 불 켜진 음표와 불 꺼진 쉼표로 이루어진 불규칙한 악보, THE #은 높은음자리표를 달고 차별화된 소리로 노래한다 주민들이 바뀌고 아이들이 바뀌고 쿵쾅거리는 위층의 강약과 단말마의 외침이 들려오지만 THE #의 주제는 명랑과 사랑, THE #은 자동차들이 꿀벌처럼 붕붕거리며 돌아오는 밤을 노래한다 반음 낮은 지대엔 어두컴컴하고 우울한 아파트들, 전원을 올리면 THE #, 벌집처럼 노란 꿀물이 흘러내린다 꿀물은 행복의 음악적 형태, 전 단지에 집중 조명을 하고 전단지를 돌려 THE #은 올림표가 잔뜩 붙은 프리미엄 아파트임을 선언한다.

헌사

아침마다 눈뜨는 화단에서 장미를 위해 노래 부른
다 가지에 휘감기는 가락 장미를 위해 게으른 아침
을 바친다 장미 장미 장미야, 빨갛고 노란 봉오리가
터진다

어느 날은 잠에서 깨어나 노랑부리저어새, 도요
새, 털발말똥가리, 황조롱이 같은 이름들을 떠올렸
다 꽃잎 흐드러지는데 쪼그리고 앉아 중얼중얼 주문
을 건다 잎사귀에 억센 부리를 달고 마분지 날개를
붙인다 정원사 번즈 씨를 불러내 먹이를 준다

죽지 아래 소용돌이치는 향기

차를 몰며 장미를 생각한다 노랗게 빨갛게 개화하
는 신호등, 거리마다 장미 피어난다 인도엔 고치 속
을 막 벗어난 나비 같은 양산들, 자동차들 벌 떼처럼
붕붕거리며 몰려온다 이봐요, 괴테 씨가 심어놓았나
요 번식력 좋은 들장미, 줄장미

차창으로 기어오르는 넝쿨 보았나요 병든 장미를
잡아먹는 장미, 찰칵 찰칵, 바람을 몰고 다니는 자동
차들을 삼키는 장미, 하늘 높이 뻗어가 금빛 가시가
돋아나는 붉디붉은 장미,

제비꽃

양지바른 곳 지지배들처럼 지지배배 지지배배 조잘대는 한 무리 꽃 아직 바람이 차다 봄이 멀었다고 생각할 무렵 제비꽃은 핀다 논두렁이나 밭두렁 무덤 위에도 소풍 나온 지지배들처럼 소복하게 피어난다

언덕과 산 능선들 봄을 향해 낮은 포복으로 기어가고 수학여행 온 여학생들을 쏟아놓은 유적지 단체 사진 속 빼곡한 얼굴들처럼, 이따금 네가 울러 가는 무덤가 눈시울에 패는 우물

애들아국어샘총각아넌거아니그래알아일요일엄마따라시장갔다가봤는데마누라하고장보러왔더라근데마누라별로더라정말내가분명봤다니까추리닝입고슬리퍼를끌고나왔던데세상에근데영어샘은영채걜왜그렇게이뻐하는데흥그지지배정말밥맛이더라밥맛개엄마계몬건알지그치오늘너희반단어시험못친애들손바닥맞았다면서뭐다섯대라고아그독사정말너무한다너무해

62

봄이 갈 무렵도 아닌데 제비꽃은 진다 시험 앞두
고도 몰래 돌려 읽던 시집과 소설들, 묵직해진 가방
을 들고 교문을 쏟아져 나와 분식집으로 학원으로
독서실로 흩어지던 지지배배 지지배들

도서관

왜 이리 혼곤한 잠이 쏟아지는 걸까
이만한 순장지
이렇게 가지런한 죽음을 본 적이 없다
가나다 순으로 누운 이 순장지의 발굴은 밤낮 없
이 계속되지만
별 진척이 없다
언제쯤 끝날는지 짐작하는 이도 없다

왕의 친위대처럼 금박 먹인 책들과
포로처럼 남루한 책들
늦가을 숲 사이로 맹독의 뱀이 지나가고
바래가는 문자들이 뿜어내는 냄새
멀리 성이 보인다

주검들 부스스 일어나 산자와 엎치락뒤치락 씨름
을 벌이는
환도뼈와 정강이뼈 사이
팽팽한 결기와 오기 사이

화려한 꿈과 바스러지는 시간 사이의 틈을 책으로
메운
  저 견고한 세계를 향한 둔주(遁走)

  죽은 자들의 기억이 울창하게 우거지는 숲
  찢기고 뜯긴 군서들 웅성거리며 몰려오는데
  만추의 햇살 불길처럼 번지는데
  왜 이리 졸음이 쏟아지는 걸까
  사다리를 높이 걸쳐놓고
  왕국의 영화가 상영되고 있는데

경건한 숲

기둥 아래로 숨어들었다
어두운 사원을 떠받치는 열주
나무는 물속 같은 대기에 고요히 잠겨 있다
묵상하는 수도사처럼,
빛을 투영하는 나뭇잎 아래서
나는 작아진다
나무의 영혼이 내 영혼을 감싸고
숲의 깊음이 나를 에워싸
잎사귀를 머리에 두르고 태초의 골짜기,
아무도 이름 붙여주지 않은 골짜기에 갇힌다
무덤 많은 숲, 나무는
죽은 자들의 영을 받아 눈이 깊어지고 나는
양수처럼 일렁거리는 숲 속을 떠다닌다
땅 깊숙이 뿌리를 내려
오르간 소리처럼 피어오르는 숲
어디선가 비명 찢어진다
푸드덕거리는 산비둘기, 피 묻은 깃털 흩어지고
살쾡이 한 마리 사냥감을 물고 어둠 속으로 사라

진다
　비탈에 서서 송영을 쏟아내는 소나무 성가대
　순례를 허락받은 자
　천천히 산을 거느리고 내려온다

경건한 숲
—숲새

새는 나무가 꾸는 꿈
새를 품은 나무는 지저귄다
수만 개 부리로 지저귄다
새는 나무의 영혼
나무는 새들이 잠드는 푸른 봉분
빛을 빨아들이는 무덤과 나란히 누워 책을 읽는
동안
흰 새들 나무 위에 피어난다
새는 나무가 낳은 아이들의 환영
소란하게 떠들며 몰려 다닌다

새벽 숲에 들어서자
몸 깊숙이 부리를 묻고 줄지어 선
종아리에 알이 단단히 밴 나무들
나 잠시 한눈파는 사이
오른발과 왼발을 바꾸는
나무들을 진작 조류로 분류해야 했다
다리 묶인 새, 날개 접은 새들

햇살이 내부를 비추자 푸드덕거리며 깨어난다
쫑긋거리는 부리, 반짝거리는 눈,
숲이 들썩거린다
섬광 같은 순간, 봉분들 열리고
새들은 날아오른다
수만 마리이며 한 마리인 새

경건한 숲
— 악기가 되지 못한

타이가 숲, 눈비에 절은 나무들
줄지어 선 사이로 광채건반이 펼쳐지고
산이 갈라지는 틈마다
침엽수림이 파도를 일으켰다
고음 밖 귀 먹은 고요까지
더딘 계절

나무가 영생을 얻는 길은 악기가 되는 길
바람 소리 물소리 새소리 천둥의 음향을 삼키고
혹한을 뼛속 깊숙이 새겼다
아아, 저 빛은 늘 처음인 냄새
깔깔거리는 봄빛에 주춤거렸을 뿐

옷 방의 서랍장을 연다
해산이 임박한 암퇘지처럼 나란히 붙은 젖꼭지
두 손으로 당기면 신음 대신
맨 위 칸엔 눈먼 속옷들의 순진무구한 잠
맨 아래 칸엔 보챌 줄 모르는 벙어리 양말들

울렁거리는 무늬에 등 기대고 시를 읽으면
미처 영혼에 닿지 못한 나무
꿀꿀거리며 잎사귀 돋는 소리

경건한 숲
—사월

　채전 둑을 서성거리다 깨진 거울의 틈으로 빨려들었습니다 한 자락 이야기처럼 숲이 펼쳐지고 빽빽한 틈새로 칼날같이 꽂히는 햇살 아, 아— 비명 지를 때마다 꽃 피어나는지 혈흔 같은 각시붓꽃 열 걸음 못 미처 무더기 무더기 돋았습니다 백주에 사람을 홀려 깊은 수심(樹深)으로 이끄는 이 무슨 유혹인가요 이제 막 긴 사연을 풀어놓기 시작한 듯 잎사귀 사이로 새들 울어대고 소나무는 둥근 대기의 음반을 긁으며 파도 소리를 뿜습니다 산목련, 서어나무, 오리나무, 물푸레, 떡갈, 박달나무의 새로 돋아난 눈들 반짝거리며 낯선 이를 쳐다보고, 수런거리며 길을 열어주고, 놀란 꿩이 푸드드득 솟구쳐 올랐습니다 구비 돌면 열리는 산들, 소리 기둥이 내려와 서 있는 숲, 자욱했습니다 빛의 세상 참 고요했습니다 지난겨울을 어렵게 이겨낸 상(賞)이 과해 나는 멈춰 서서 웃고 또 웃었습니다 아무튼 아무도 모르도록 이 숲의 입구를 닫아놓아야 할 텐데

경건한 숲
─단풍

　우거진 덤불마다 바위틈마다 죄를 숨긴 듯 어둡고
아늑한 곳, 비탈에는 키 큰 나무들 하늘을 향해 뻗어
있다 시내처럼 반짝거리며 흘러내리는 햇살, 나는
쪼그리고 앉아 두 손으로 떠 마신다 몸 안으로 벌컥
벌컥 차오르는 해, 순식간에 갈증이 사라지고 보인
다 금빛 은빛 지느러미들 먹이를 찾아 헤엄쳐오는구
나 나는 빛의 지느러미를 씹어 먹고 빛처럼 가벼워
져서 깔깔거리다가

　수상한 계절, 적이 남하하고 있다 나무는 몰락이
두렵다 온몸에 부적을 붙인다

경건한 숲
— 입추

꽃들은 스스로 대궁을 세운다

수직성의 이 짧은 운명

밀고 나간다

나비가 내려앉는다

정박하는 아득한 뱃고동 소리

일렁이는 숲

날개를 접으며 날아드는 흰 새들

유월

　완행열차가 소처럼 철로를 되씹으며 지나가고 기
찻길 건너 숲에는 꿩 꿩 꿩 우는 소리 남자는 창밖을
내다보며 바이올린을 켠다 부드러운 소리는 바람에
실려 개울 건너 포도밭, 새파란 포도송이마다 화음
을 넣어준다 온갖 선율로 휘어지는 덩굴 괴로움 같
은 열매를 베며 무성해진다 악기는 붉은 꼬리가 돋
아 포도밭을 기웃거린다 새콤한 냄새에 코를 발름거
리며 개구멍에 머리를 밀어넣는다 검게 익어가는 음
표들을 포도송이들에 넘겨주며 그는 더 격렬하게 음
악을 켠다 이파리 밑에 숨어 탱탱해지는 알맹이들
비온 뒤 들척지근한 향기가 밀려오는 듯 구름 위에
얹힌 듯 악기를 놓고 그는 노곤한 시간 속에 떠다닌
다 면도하지 않은 모습은 음악 속으로 사라져 어디
에서도 보이지 않는다

다시 유월
―개망초

슬금슬금 눈치 살피던 개, 꼬리 사리고 끙끙거리던 개, 발길에 채여 깨갱, 소리 지르며 달아나던 개, 개장수가 왔다 올망졸망한 강아지들을 끌어안고 울었다 흥정하다 말고 이 악물고 눈을 치켜뜨는 엄마 아, 흰 털 복슬복슬한 개들 푸른 사슬에 묶여 있다 깊은 멍이 들었는지 허공을 향해 멍멍 짖어댄다 마당 어귀 수국처럼 연두였다 자주였다 보랏빛으로 피어나는 멍, 길 잃은 개 버려진 개 팔려갔다 돌아오지 않은 개들이 꼬리 흔들며 나를 에워싼다 주인 만난 듯 달려들어 손등을 핥는다 얼굴을 핥는다 오래도록 묵밭 지켜온 흰 영혼들을 쓰다듬는다 뻐꾸기 울대 속을 들락거리던 날은 갔다 개털처럼 가벼이 날아가는 유월 하루, 빈 집 마당 개망초가 수런거리며 흰 구름보다 낮게 떠간다

또다시 유월

—학교서 조퇴한 나는 약을 먹는다 빨랫줄 위로 출렁
거리는 햇살

밤새 컴컴한 소리를 내던 우물가에는

엉겅퀴 토끼풀 패랭이가 돋았다

나비들은 말아두었던 더듬이를

두레박처럼

천천히 꽃 속으로 내린다

어지러워—

우물이 대궁 채로 흔들린다

그리고 유월
— 본색을 드러내라

굴촉성의 넝쿨이다
하나의 줄기와 단 하나의 잎
진화와 우성 생식을 거듭하는 교활한 식물이다
움츠리고 늘이는 긴 허리
갈라진 혀는 멀리 뻗어가려는 순인 척,
털 숭숭 돋은 칡넝쿨과 한통속
향기가 진해 숨이 멎는다

넝쿨은
식물과 동물의 경계를 담 넘듯 넘나드는
넝쿨은 녹음을 헤치고 나선다
어룽거리는 무늬,
대궁을 활짝 치켜든다
순식간 나는 화상을 입는다
천국의 뒤안길 눈부시게 환한 구름 꽃밭

녹음 속으로 놈은 출렁거리며 간다
대낮부터 남자의 다리를 감고 탱고를 추는 여자

처럼

    초록의 배후를 친친 감았다 푼다

    숨 가쁜 옆구리마다

    꿈틀거리며 번식하는 유월

그리고 또 유월
── 나는 어리석고 조급했다

　퇴근길 노점에서 장을 본다 검은 보자기를 젖히고
해를 처음 본, 한목소리로 깔깔거리는 콩나물을 산
다 코미디 프로를 보며 다듬는 나를 힐끗, 아이가 내
뱉는다 종일 콩나물과 씨름하고 또 콩나물이냐고,
그래, 난 음계 교본에서 솎아낸 한 움큼 콩나물을 다
듬는다 벌레 먹은 대가리를 떼고 꼬리를 자르고 통
통한 허리를 꺾는다 구시렁거리는 것들을 끓는 물에
데친다 프로크루스테스의 침대에 눕혀진 듯 냄비 밖
으로 삐죽이 내미는 다리, 슬며시 내놓은 대가리, 난
한 푼의 동정도 없이 다리를 잘라버린다 가차 없이
대가리를 날려버린다 무자비한 권력을 향해 내지르
는 노오란 비명, 숨죽인 콩나물에 간을 하고 마늘을
찧어 넣은 다음 고춧가루, 깨소금, 참기름으로 무친
다 일괄 생산한 매콤한 음악이 집 안에 진동한다

다시 산꼭대기 수선화 중창단

곧 하늘을 만질 수 있을 거예요 구름을 한 조각 뜯어 맛볼 수 있을 거예요 저기 산꼭대기 수선화네 집 보시다시피 올해는 식구들이 배로 불었죠 우린 구름논을 경작하는 고산족 구름 위에 얹힌 논둑길을 걸어 연습실에 가죠 상수리나무 아래 구름들을 몰아넣고 우린 눈 감고 모음으로만 노래해요 그새 달아나는 새끼구름 햇살이 벌 떼처럼 달려들어 머리통을 쏘아대고 끈적한 땀이 꿀물처럼 목덜미로 흘러내려도 괜찮아요 당신은 노래에 실려 건너 편 봉우리로 넘어가세요 수선집도 아닌데 얼룩무늬를 벗어놓고 가는 맹수들 닳은 발굽을 맡기고 가는 산짐승들 여긴 지상과 먼 구름 위, 별들 수런거리고 점멸 신호를 넣으며 사라지는 버스 저 또한 어둠 속으로 자맥질하는 별, 밤새 꿰매고 잇대느라 수선스런 수선화네 집

산꼭대기 수선화 중창단

나를 불러내는 소리
하염없는 구름의 높이로 양 떼를 부르는 소리
우리들이 벼랑에 서서 똑같은 모양으로 입을 열 때
하루치의 꽃
하루치의 구름이 피고 지고
우린 우리끼리 노래에 살고 사랑에 살아요
이 산의 고독과 눈부신 숲의 속살
몇 번이고 우려낸 뒤 버려지는 구름 티백처럼
오늘은 한 차례 여우비가 지나가고
여전히 흰 블라우스를 입고 뒤꿈치를 들고 노래
했죠
우린 평화를 사랑하는 태양과 장기 계약을 맺고
황금빛 시간의 부스러기들을 나눠 먹어요
선크림 바르고 양산도 쓰렴
그럼 생수 한 모금 마시고 쉬었다 할까?
하루 종일 연습하다보면 허기져 득달같이 달려드
는 어둠
잘 익은 배처럼 달은 단물을 뚝, 뚝, 흘리고

우린 밤새 달 속에 수장되는 악기들, 달큰한 꿈을 꾸어요

컴컴하게 웅크린 꿈은

구름의 남쪽 차마 비껴가기 어려운 고도를 헤매고

덜컹, 심장이 골짜기로 굴러떨어질 때마다 새 심장이 돋곤 하는

굴러온 심장을 받아먹고 단단해지는 돌멩이들의 꿈

여긴 별들이 귀먹은 곳

저물녘 큰 느티나무에 깃들인 새 떼처럼 와글거리는,

아침이면 벌레 먹은 별들을 주워요

끝없이 음조를 바꾸는

풍경이 심장으로 스며든다
강바닥엔 다슬기들 줄 그으며 기어가고
강물이 산그늘로 들어 아가미를 연다
자갈은 물결의 현을 자갈자갈 뜯어 강을 멀리 밀
어 보낸다
물풀 사이로 한 소절 가락처럼 유영하는 물고기들

구릿빛으로 그을은 인생
비쩍 마른 몸속으로 강이 밀려 들어온다
열 손가락 마디마다 저녁이 넘실거린다
악기를 괸 턱엔 어둠이 내려앉고
나뭇가지를 모아 그는 불을 지핀다
일용할 양식이 끓고
격렬한 물살 현 위로 여울지는

별들이 와글거린다
소리는 긴 강 거슬러 아득하게 들린다
컴컴해지는 숲

소나무들이 부르르 날개를 편다

해진 침낭 속엔 집시 여인을 닮은 붉은 바이올린

그녀를 품는 기꺼운 밤

침묵 수도원

　마른 담쟁이덩굴에 덮여 침묵은 자란다 먹어도 먹
어도 허기져서 창틀을 흔드는 바람, 삐걱대는 계단,
죽은 수도사들의 추억까지 우물우물 되새김질한다
천정에 가닿는 쑥대머리 기둥을 흔들어놓는 몸집 침
묵의 등은 휘어진다 종 줄은 침묵의 둔부에서 자라
나는 꼬리, 잡아당기면 목젖을 열고 큰 소리로 울어
젖힌다 울다 그친 덩치는 혀를 빼물고 시간의 뼛가
루 같은 눈발을 받아먹는다 수도원을 외투처럼 껴입
고 먼 마을을 하염없이 바라본다 천년이 하루 같은
고요 속으로 깊어가는 겨울, 금빛 털이 숭숭 돋아 이
따금 환해지는, 출출해진 덩치가 낮은 구름을 따 먹
는다 외로워서 심심해서 오늘은 수도원을 이쪽 골짜
기에서 저쪽 골짜기로 옮겨놓는다

붉은 밤

모르겠다 왜 거기 홀을 가득 메운 은발들 틈에 앉아 있었는지, 검은 머리칼 이국의 여자가 활을 들 때마다 뒤채는 악기, 먼 베링해 돌아와 산란을 한다 아가미 들썩일 때마다 흘러내리는 홍건한 핏물, 그날 밤 졸았다 저마다 심각한 영혼들, 죽은 자처럼 숨죽인 자들 사이를 오락가락 했다 힘겹게 눈 뜰 때마다 기슭으로 물결치는 음악들, 아무것도 기억나지 않는다 물살 거스르는 연어 생살을 베는 듯한 몸부림 외에는, 까무러치다 깨어나기를 반복 번복하는 밤이었다 산란하듯 음표들을 쏟아낸 빈 바이올린이 커튼 뒤의 어둠으로 밀려났다 되돌아오고 모천에서 죽어가는 연어, 눈꺼풀을 열고 쏟아져 내리는 수만 개 별과 눈 두멍에 괴는 끈적한 눈물과

오, 나의 태양

활짝 핀 장미지요 향기에 숨이 멎을 것 같은데 아무도 알아보지 못하는 내 눈에만 붉은 장미지요 날마다 새로 피는 오늘따라 유난히 이글거리는 장미지요 보이지 않는 가지마다 맺히는 봉오리 도무지 셀 수 없는 아무도 꺾어보지 못한 장미지요 노랗고 검고 분홍의 입김 뿜어대는 화원 쏟아져 나오는 메가톤급의 소리 또한 듣지 못하지요 누군가는 금단의 열매라 하고 쳐다보면 눈 멀어버린다고도 하는 함정 같은 장미지요 꽃가루를 뒤집어쓰고 재채기를 해대는 날 잠깐, 정지 신호등 같은 태양 올려다보면 고장난 듯 쏟아지는 시간의 초침 식탁 가득 장미를 밝혀두고 밥을 먹는 날이지요 묵은 상처 얼룩진 기억 따위는 단숨에 표백시켜버리는 나 만개한 장미 화원을 가졌지요 아픈 자리마다 가시 같은 침을 꽂고 누운 날 조무사가 다가와 침을 뽑을 때마다 맺히는 봉오리 장미는 나를 침범해와 물들이죠 장미를 성취하죠

달밤

저렇게

외로운 높이에 걸린

등을 본 적 있소?

부재중인

한 사람을

하염없이 기다리는

김환기 풍의 달

달 속에 나무 한 그루

꽃 피는지 사슴의 뿔처럼 향기롭다

이 누런 먹잇감,

날개 펼친 봉새 한 마리

쫑긋거리며 달을 쪼아본다

주둥이를 한껏 벌려 삼킨다

꿀꺽, 목구멍으로 넘어가는 달

달달박박이 밤새 기와집 한 채를 짓는다

노힐부득은 부득이하게 낯선 여자와 몸을 썻고

붕이 환해져 밤의 정수리로 날아오른다

산 첩첩, 어둠 첩첩,

장독대 옹기처럼 옹기종기 터 잡은 인가

낡은 천장 서까래 벌레들도

집을 다 발라먹고

무덤처럼 잠이 깊은

솔렘의 종소리

솔렘에 간 적 없다
수도사들 긴 옷을 입고 햇살 가득 회랑을 오간다는
솔렘엔 주렁주렁 달려 있는 종이 있다
그해 수확한 것 중 가장 실한 놈을 종자로 걸어두
는 것처럼
베드로 대성당 종탑엔 옥수수, 수수, 해바라기, 부
청, 메주 같은 종들
늙은 수도사가 줄을 당기면
솔 레— 솔 레— 레— 렘—
솔 레— 솔 레— 레— 렘—
계명창하며 운다

솔렘, 여기는 솔렘
씨방 속 달그락거리는 것들
느닷없이 터지는 폭소처럼
팟 핫 핫 하—
팟 핫 핫 하—
씨방을 열고 터져나오는 씨앗들

까치, 어치, 곤줄박이, 직박구리,

변성기 사내애들처럼 소리 지르며 먹이 쫓아간다

자갈 촘촘한 길 위로 분수대 위로 마을 광장의 시
계탑 위로

수도사들이 경건한 전통이 묵히고 묵힌 묵언이 날
개를 펼치고 날아간다

포도밭 구릉 지나 저기 중얼거리는 구름 위엔

무성해지는 텃밭, 그 위론

모처럼 순회공연 길에 올라 들떠 있는 소년 합창단

뮤직 콘크리트

막대그래프를 그리며 춤추는 도시 OMR카드의 정
답과 오답처럼 불 켜진 창과 불 꺼진 창, 강약이 교
차하는 거대한 스피커, 뿜어내는 음향이 밤 벚꽃처
럼 흐드러진다 칸칸마다 칸타빌레

털 뻣뻣한 시궁쥐가 옥수수자루 같은 빌딩을 컴,
컴, 갉아먹는 동안 기슭마다 들어서는 초고층 초고
층, 저 아래 지하 반지하의 머리채 휘어잡던 절망은
멀겠다 아우성치는 네온 뒷골목엔 의심스러운 잡초
들 향기를 뿜는다 질주하는 폭주족 천국과 지옥을
향해 가는 붉은 십자가 무리 가파른 빌딩이 거리를
채우고 불쑥불쑥 구름 위로 솟구쳐 오르고 얽히고설
킨 도시의 뿌리를 적시며 쏟아지는 장대비 똑같은
집 똑같은 불빛 중얼거리며 시린 무릎을 꺾으며

천년 뒤 이 도시를 지나면 검게 벌린 아가리 숭숭
한 구멍 사이로 미친바람은 뛰어다니리 층층마다 수
상(樹上)생활을 하던 사람들 꽃피우고 어디로 사라

졌나 휘파람 소리를 내는 그림자들 이 악기들을 대
체 뭐라 부르지?

밤의 음악

어둠의 골짜기 날개를 달고 날아올라 나는 인드라
망의 구슬 그물을 흔든다 화음으로 가득 차는 둥근
하늘을 측량한다 뭉클하게 만져지는 밤의 촉감, 물
을 뿌리면 카시오페아, 오리온, 북두칠성, 꿈틀거리
며 살아난다 치사량의 별빛에 귀를 곤두세운다 멀찍
이 서서 기다린다 반짝일까 말까 반짝일까 말까 반
짝거리는, 무한 천공 다가갈 수 없는 거리를 더듬어
내는, 다시 별들의 길을 추적한다 별빛들을 끌고 와
손끝에 휘감아서 펼쳐낸다 캄캄한 반구, 집집마다 머
리맡에 풀어놓은 시계들처럼 일시에 째깍거린다 그
중 하나를 손목에 찬다 관절 구석구석 둥지 트는 메
아리

여름 음악 캠프

1

음계 교본에 물을 준다 콩나물시루처럼 무성하게
돋은 음표들을 솎아낸다 마룻바닥에 수북한 소음들

112번인가 113번째 마디에서 갑자기 음악이 멈췄
다 욕설과 함께 지휘봉이 날아오고, 보면대에 바이
올린을 걸어두고 깜빡 잠이 들었는데 악기가 없다

이따금 놀이터에서 다섯 살배기 아이가 사라진다
흥얼거리며 오층 계단을 음표처럼 올라왔다 내려갔
는데 산발한 채 아이를 찾아 돌아다닌다 내 불안을
먹고 마시고 잡초처럼 궐기하는 머리카락

입도 코도 귀도 없는 벌건 눈의 외눈박이, 바보 같
은 태양만 내려 비치고

2

애들아, 햇살이 최초의 악보인 거 알지? 높은음자
리표를 달고 오선지처럼 쏟아져 내리는 빛을 들어보
았니?

쉬는 시간 아이들이 막대 사탕을 물고 햇살처럼
깔깔거린다 7, 8월엔 태양의 중앙집권이 미치지 못
하는 변방이란 없다

산 위론 들뜬 음향처럼 흰 구름 피어오르고 연습
실엔 끊어졌다 번식하는 수십 마리의 긴 선율들

구름 벤치에 앉아 지난 겨울 예약한 한여름을 듣
는다

미루나무 언덕엔 바람말뚝에 묶인 피아노

마른하늘이 번쩍거린다 대가리를 떼어 낸 비린 콩
나물 다발이 쏟아진다

소리와 빛의 모자이크, 혹은 유목의 노래

김 진 수

1

피아노 뚜껑을 연다
쩌억, 아가리를 벌리며 악어가 수면 위로 솟구친다
여든여덟 개의 면도날 이빨이 덥석 양팔을 문다
숨이 멎는다

　　　—「피아노악어」 부분, 『피아노악어』(열림원, 2006)

　서영처의 시 세계는 압도적으로 음악적인 이미지와 모티프들로 가득 차 있다. "수염을 기른 흑염소들이 뿔로 둥근 대기를 긁는다 파랗게 돋아나는 악보"(「디, 디, 디제이 하는 염소들」) 같은 표현은 아주 흔한 예에 지나지 않는다. 심지어 첫 시집 『피아노악어』를 포함해 이번에 새로 출간되는 두번째 시집『말뚝에 묶인 피아노』에도 제목에서부터 '피아노'가 공통적으로 등장하고 있는 실정이다. 음악을 전공한 시인에게 있어서 이 '피아노'는 마땅히 음악과 시의 제유적 표현이리라.『피아노악어』의 표제 시에서 그것은 또한 "여든여덟 개의 면도날 이빨"이라는 유사성의 원리에 의해 '악어'의 은유가 되기도 한다(피아노건반의 수와 악어 이빨의 수가 여든여덟 개로 동일한가는 문제가 되지 않는다). 이러한 문학적 관련성을 염두에 두고 이번 시집의 제목 '말뚝에 묶인 피아노'라는 어사를 곱씹어보면, 아마도 이 초현실적인 피아노의 이미지가 대단히 의미심장하다는 사실을 눈치 챌 수 있을 것이다. 성급한 독자라면 시집의 표제로 쓰인 '말뚝에 묶인 피아노'라는 어사나 이미지를 찾아 곧장 그 의미망을 탐색해보고자 할 테지만, 그가 시집에서 쉽게 찾아낼 수 있는 것이라곤 "말뚝에 매인 염소들"(「디, 디, 디제이 하는 염소들」)일 것이다. 그렇다면 우선『피아노악어』를 단서 삼아 이 '말뚝에 묶인 피아노'의 이미지를 추론해보는 수밖에 달리 방법이 없는 것처럼 보인다.

　첫 시집과 마찬가지로 피아노라는 어사로 제유된 음악Muse 혹은 시의 세계가 내게는 어떤 절대적인 예술의 경지, 혹은 완성된 삶의 한 양태를 지시하는 것으로 이해된다. 하지만 이 피아노의 이미지를 한정하는 어사들, 가령 첫 시집의 '악어'와 두번째 시집의 '말뚝에 묶인'이라는 단어들과 관련해서 유추하자면, 그것은 아마도 시인의 시적 자아 내지는 모종의 사회적-현실적 상황과 관련된 어떤 원초적 심상의 알레고리로 읽을 수 있을 듯하다. 나는 『피아노악어』에서 악어의 이미지를 싱싱한 원초적 야생성을 지닌 어떤 심상이나 자연의 상태로 읽고 싶었다. 이번 시집에서도 시인은 "출몰하는 백상아리 추격하는 피아니스트"(「ƒ홀」) 같은 은유를 통해 '피아노/피아니스트'와 '악어/상어'의 야생성을 두드러지게 강조하고 있기도 하다. 그렇게 읽었을 때, 『말뚝에 묶인 피아노』는 즉각 '말뚝에 묶인 악어'의 다른 표현임이 분명해진다. 그렇다면 이번 시집의 제목이 암시하는 것은, 저 악어의 원초적 생명과 야생성이 '말뚝'에 의해 저당 잡힌 어떤 현실적 사태나 심상의 표현이 될 것임은 분명하다(이제 "말뚝에 매인 염소들"이 '말뚝에 묶인 피아노/악어'의 변주임을 이해할 수 있겠다).

과연, 시인은 이번 시집의 첫 자리를 차지하고 있는 시에서 "강 건너 맹그로브 숲에는 사나운 어미 호랑이가 어슬렁거리고 있는데 내 바이올린 케이스 안에는 젖을 못 뗀 새끼 호랑이가 쿨쿨 잠들어 있는데"(「한여름 밤의 꿈」)라고 노래하고 있다. 바이올린 케이스 속에 갇혀 있는 이 '새끼 호랑이'의 이미지는 아마도 '말뚝에 묶인 피아노/악어'의 또 다른 변주가 아닐까 싶다. 또한 이번 시집의 거의 마지막 자리를 차지하고 있는 다음 시도 어쩌면 그

단서의 일부가 되어 줄 수 있을지도 모르겠다.

　　막대그래프를 그리며 춤추는 도시 OMR카드의 정답과 오답처럼 불 켜진 창과 불 꺼진 창, 강약이 교차하는 거대한 스피커, 뿜어내는 음향이 밤 벚꽃처럼 흐드러진다 칸칸마다 칸타빌레

　　[……]

　　천년 뒤 이 도시를 지나면 검게 벌린 아가리 숭숭한 구멍 사이로 미친 바람은 뛰어다니리 층층마다 수상(樹上)생활을 하던 사람들 꽃피우고 어디로 사라졌나 휘파람소리를 내는 그림자들 이 악기들을 대체 뭐라 부르지?

　　　　　　　　　　　　　　　　　　　──「뮤직 콘크리트」 부분

　　내게는 저 거대한 콘크리트 벽으로 만들어진 도시의 건물들이 뿜어내는 소리들("강약이 교차하는 거대한 스피커, 뿜어내는 음향")이야말로 '말뚝에 묶인 피아노' 이미지의 변주처럼 보인다. "이 악기들을 대체 뭐라 부르지?"라고 시인이 강한 의문과 회의를 품을 수밖에 없도록 만드는 이 소리들의 출처야말로 바로 '말뚝에 묶인 피아노'가 아닐까 싶은 것이다. 그렇다면 이 그로테스크한 피아노의 이미지는 곧장 거대한 도시의 콘크리트 문명에 의해

구속된 예술과 훼손된 삶의 상징으로까지 확장될 것이다.

2

　　갈라져 타오르는 강바닥, 악어는 상류를 향해 비칠비칠
기어오른다 습한 동굴을 찾아 긴 꼬리 끌고 간다 전봇대 근
처 사글세 동굴을 발견하고 기어든다 온 몸이 식용이던 놈
우기의 추억을 쩌업 다시며 진흙에 턱을 묻는다 얕은 잠이
들었다 깼다 누군가 문을 두드리고 묵묵부답 버티는 동굴
엔 진단지 같은 햇살만 덕지덕지 붙었다 떨어진다 시간이
증발해버린 강가 악어는 먼 호수의 비린내를 되새김질한다
　　　　　　　　　　　　　　　　　　　　　──「눈물」 부분

『말뚝에 묶인 피아노』의 배면에 어둡게 드리워져 있는
것은 상실된 자연이나 본성, 즉 훼손된 절대적 예술의 경
지 혹은 억압된 삶의 어떤 양태들인 것처럼 보인다. "갈
라져 타오르는 강바닥"을 피해 "전봇대 근처 사글세 동
굴"로 자리를 옮긴 이 악어의 이미지야말로 바로 그러한
상태의 표현이 아니면 또 달리 무엇일 수 있겠는가? "시
간이 증발해버린 강가"에서 "먼 호수의 비린내를 되새김
질"하는 이 악어의 눈빛에서 독자는 무엇을 읽을 수 있을
까? 내가 「시인의 말」을 주목해서 읽은 것도 바로 그러한

까닭이다. 시인은 시집의 서두에서 "오래전 그 빛이/다시 비치는 언덕//나무 그늘 아래서/초원을 내려다본다/바람이 얼굴로 불어온다"고 다소 담담하게 적었다. 내게는 "오래전 그 빛이/다시 비치는 언덕//나무 그늘 아래서" 내려다보는 이 '초원'의 이미지가 "먼 호수의 비린내를 되새김질"하는 악어의 이미지와 정확히 포개지는 것 같다. 시인의 시적 자아가 내려다보는 저 초원과 시간이 증발된 강가에서 그 비린내를 되새김질하는 악어의 호수는, 어쩌면 이제는 고갈된 자연의 싱싱한 생명력과 상실된 원초적 고향의 상징으로 자리할 수 있을 터이다. 나는 이처럼 '오래된 과거'가 되고 만 상실된 고향/실낙원lost paradise의 이미지야말로 이번 시집의 핵심적인 모티프라고 생각한다.

『말뚝에 묶인 피아노』에 실린 시들이 마치 '설화적인 풍경'들로 직조되어 있는 것처럼 보이는 이유도 이런 사정과 무관하지 않을 것이다. 왜냐하면 모든 실낙원의 이미지나 모티프들은 또한 설화/신화적일 수밖에 없기 때문이다. 신화나 원형 비평의 연구를 빌려 말하자면, 설화/신화적 공간은 그것이 품고 있는 풍경 자체를 영속화시키는 권능을 갖는 것 같다. 설화적 풍경은 변함없는 영원한 고향, 즉 자연과 원초적인 삶의 의미를 축약하고 있는 어떤 원형적 이미지들의 저장소이기 때문이다. 그렇다면 "오래전 그 빛이/다시 비치는" 것은 바로 저 실낙원으로

부터 전해져오는 상실의 기억 때문일 터이다. 시인이 "바람이 얼굴로 불어온다"고 고백했을 때, 나는 이 바람을 상실된 고향의 '기억'으로부터 환기된 자연의 원초적 생명력의 상징으로 이해한다. 아래 시에서처럼 "내 이부자리로 기어"올라 "잠 속으로 스며드는" 이 사막과 낙타의 이미지 또한 저 원초적 자연과 고향의 또 다른 상징이 될 터이다.

거대한 불가사리 같은 비단지린사막이 스멀스멀 내 이부자리로 기어오른다 쩍쩍 갈라지는 등을 긁는다 타박타박 자판 치듯 낙타 떼가 옆구리를 횡단해 가고 얼룩덜룩한 잠 속으로 스며드는 냄새

—「불면」 부분

기억의 여신 므네모시네Mnemosyne가 또한 음악의 어미임을 상기하는 것이 이 경우에는 도움이 되겠다. 음악과 노래는, 더 나아가 그것들로 축조되는 시와 예술은 결국 저 상실된 고향의 기억이며, 또한 그것의 보존이어야 한다. 이번 시집이 "그리워라, 당신 흔적을 따라/앨라배마 루이지애나를 거쳐 증기선을 타고 헤맨 지 수년"(「멀고 먼 추억의 스와니」)이라고 노래할 때, 이 유랑의 길이 또한 귀향의 길이 되는 것도 바로 그러한 까닭이다. 그렇다면 결국 『말뚝에 묶인 피아노』는 '기억/므네모시네'

에 의해 저 묶인 말뚝으로부터의 해방과 자유를 성취하여 상실된 고향을 회복하는 수밖에 없을 터이다. 물론 이를 위해 시인의 뮤즈가 우선적으로 해야 할 것은 "표백된 기억들"(「손수건」)을 싱싱한 원색의 풍경들로, 시인 자신의 노래를 빌려 좀더 정확히 표현하자면, "빛과 향의 길"(「후미진 굴헝」)로 되살려내는 일이 되어야 한다. 그렇다, "지금은 깊은 잠을 훔친 구름걸레를 두들겨 빠는 시간 결백을 증명할 때까지 구정물을 헹구는 시간 빛이 번쩍거리고 밥알과 국 건더기 묻은 슬픔이 들썩거리는 지금은"(「장마전선」).

금요일 밤 ƒ홀에서 콘서트가 열리고 있다 두근거리는 몇 개의 문을 거쳐야 들어갈 수 있는, ƒ홀에서는 깜깜, 자신을 지워야 한다 출몰하는 백상아리 추격하는 피아니스트 아우성치는 바다가 작살을 받는다 피로 흥건해지는 홀, 대리석 기둥에 기대 누가 지난여름을 흐느끼고 있다

　　　　　　　　　　　　　　　　　　—「ƒ홀」 부분

시인은 저 실낙원의 회복을 위해서는 우선 "두근거리는 몇 개의 문을 거쳐야 들어갈 수 있"을 뿐만 아니라 또한 "자신을 지워야 한다"고까지 노래한다. 그러한 지난한 역경의 과정을 통과해야만 비로소 "출몰하는 백상아리 추격하는 피아니스트 아우성치는 바다"에 이를 것이고,

또 "피로 흥건해지는" 저 날것의 원초적인 삶의 현장 혹은 야생적 – 유목적 삶이 환기해낸 '지난여름'의 '흐느낌'과 마주할 수 있으리라. 그래서 시인은 "자꾸만 근질근질 발굽이 돋아나고 줄 끊어진 바이올린 금간 틈으로 맹그로브 나무들이 무성하게 자라난다"(「한여름 밤의 꿈」)고 노래하는 것이다. 시인에게 있어서 시는, 그리고 음악과 노래는 바로 이러한 원초적인 자연의 삶과 고향의 생명력을 환기해내는 마술의 일종에 속하는 것은 아닌지 모르겠다.

3

> 방금 공연을 마친 맹인 여자가
> 천막 뒤에서 밥을 먹는다
> 바나나 잎사귀에 담긴
> 날아갈 듯 푸슬푸슬한 안남미와 카레를 섞는다
> 현을 짚어 소리를 다독이고 흔들 때처럼
> 촉수 끝에 버무려지는 촉촉한 물기
> 혀보다 붉은 손가락들이 먼저 요기를 한다
>
> ──「식사」 부분

시인의 시적 자아는 이 시에서처럼 '맹인 여자'와 같은 떠돌이 유랑 악사쯤으로 보인다. 우선, 시인의 시 세계가 전반적으로 떠돎과 유랑, 혹은 유목의 이미지들로 직조되어 있다는 점에서 그렇고, 다음으로는, 그 시적 구조가 음악적 – 유동적 이미지들의 축조라는 점에서 그러하다. 서영처의 시 세계에서 유랑과 음악은 따로 떼어놓고 생각할 수 없다. 그런 의미에서 저 유랑 악사는 또한 영락없이 떠돌이 집시의 삶이나 유목적 삶을 연상시키기도 하는 것이다. 독자들이 이미 짐작하고 있듯이, 이러한 유목적 삶은 여지없이 고난과 외로움으로 점철된 신산한 여정(맹그로브 숲이나 아무르 강가의 타이가 숲에 사는 호랑이, 혹은 사막의 낙타 이미지 등이 그렇다)일 테지만, 또한 그만큼 고향/자연을 상실하고 '말뚝에 묶여' 사는 무감각한 '산문적 일상'으로부터의 자유와 해방을 성취한 '시적 – 음악적 삶'이기도 할 터이다. "아무렴, 아무것도 묻지 마라/난 아무 데서도 아무에게서도 나지 않았다"(「아무렴 아무르」) 같은 구절을 보라!

그러니, 무릇 시인에게 있어서 시는 그 자체로 하나의 음악이고 또 삶의 노래여야 한다. 서정시Lyric의 모태가 악기Lyra로 연주하는 노래였으니, 그 태반이 음악과 노래인 것은 너무나 지당한 일이겠다. 그러나 그 음악과 노래는 "어디에도 머물지 못하는"(「멀고 먼 추억의 스와니」) 유랑하는 맹인 가수나 "집시 여인"(「끝없이 음조를 바꾸는」)의 삶처럼 정처도 기약도 없는 보헤미안적 떠돎의 노래이며, 또한 이 유랑/유목의 과정은 그 자체로 완성된 하나의 삶이 되어야 한다. 왜냐하면 "홍얼거리는 한 자락 노래 같은 길" 위에서도 "당신은 한 번도 길을 잃지 않았"(「멀고 먼 추억의 스와니」)고, 또 "당신을 겪고 당신을 이겨 당신이 된"(「마리아 엘레나」) 것이기 때문이다. 시인에게 있어서 시는 그렇게 "구릿빛으로 그을은 인생"(「끝없이 음조를 바꾸는」), 즉 구름처럼 유랑하는 삶 자체의 노래가 된다. 다소간의 애조를 띤 이 노래가 그러나 비가(悲歌)나 애가(哀歌)가 아니라 하나의 경쾌한 목가(牧歌)가 되는 까닭은 저 유랑의 길이 또한 동시에 귀향의 길이기 때문이다. "광활한 평원에 방랑을 꿈꾸는 시인의 책을 완성한다"고 노래하고 있는 다음과 같은 '구름'의 이미지를 보라! 그 "부족의 기원은 거룩한 날로 거슬러 올라간다".

구름부족은 구름 냄새를 피운다 구름부족은 내 이불 속으로 시 속으로 함부로 드나든다 구름부족은 유목민, 국경을 넘나드는 무국적자들, 족장은 부족을 거느리고 바람과 태양이 다스리는 붉은 강의 골짜기에 머문다 천막을 치고 피리를 불고 살찐 양떼구름이 흩어져 풀을 뜯는다 빛살 도끼를 휘두르는 부족의 전설은 강을 따라 흘러내려 늑대들도 얼씬거리지 못한다 부족의 기원은 거룩한 날로 거슬러 올라간다

—「구름부족들」부분

서영처의 시 세계는 위의 시처럼 전반적으로 밝고 경쾌한 음악적 상상력의 가락에 힘찬 음색과 향수가 깃든 애잔한 멜로디를 지니고 있다. 그래서 그 노래는 마치 'THE #'이 붙은 악보처럼 보이기도 한다. 시인의 표현대로라면, "THE #은 반음 높은 지대에 자리 잡는다 THE #은 불 켜진 음표와 불 꺼진 쉼표로 이루어진 불규칙한 악보, THE #은 높은음자리표를 달고 차별화된 소리로 노래한다"(「THE #」). "간수에 담긴 말간 구름두부를 파는/종을 달고 다니는 새여/종일 종을 치는 종지기 새여"(「누가 종달새 목에 종을 달았나」) 같은 경쾌한 가락을 보라! 이 종지기 새의 노래가 바로 서영처 시의 노래인 셈이다. 그러므로 시인의 상상력과 감각에서 우세종은 단연 "수직성"(「경건한 숲—입추」)의 상승과 확장의 이미지들이라고 말할 수 있다. 이 수직성의 상상력 속에서 꽃과 나무 – 새 – 구름 – 하늘 – 태양과 같은 경쾌하고도 활력적인 이미지들은 동종의 계열체를 형성한다. 시인은 "새는 나무가 꾸는 꿈"이라거나 "나무들을 진작 조류로 분류해야 했다"(「경건한 숲—숲새」)고 말하고 있을 정도이다. 다른 한편 사막(열대) – 숲(타이가) – 평원 – 강(아무르)과 같은 광대한 외연을 갖는 확산이나 확장의 이미지들 역시 또 다른 동종의 계열체에 속한다고 할 수 있다. 이 확장적 계열체의 이미지들은 시인에게 있어서 원시/고향의 음악적 – 유목적 삶의 상상력을 작동시키는 것처럼 보인다. 그리고 『말뚝에 묶인 피아노』에서 상승과 확장이라는 서로 평행하는 이 두 계열체를 잇는 모티프는 무엇보다도 구름과 나무/숲의 이미지라고 해야 한다. 서영처의 시 세계에서 구름과 나무/숲은 위로 자라면서(상승적) 동시에 옆으로도 불어나는(확장적) 양면의 특징을 갖는다. 그것은 또한 다음 시에서처럼 "광채건반"이나 "고음" 같은 음악적 모티프들과 분리되지 않고, 활력적으로 유동하는 음악적 – 유목적 삶의 집적된 표상이 된다.

> 타이가 숲, 눈비에 절은 나무들
> 줄지어 선 사이로 광채건반이 펼쳐지고
> 산이 갈라지는 틈마다
> 침엽수림이 파도를 일으켰다
> 고음 밖 귀 먹은 고요까지
> 더딘 계절
> ─「경건한 숲─악기가 되지 못한」 부분

4

상승과 확장의 음악적 – 유목적 이미지들로 축조된 이 시의 세계는, 예술에 대한 니체적 분류법을 따르자면, 아폴론적 충동의 세계, 즉 꿈Traum의 세계를 드러낸다고 말할 수도 있다. 시인 자신의 표현대로라면, 그 세계는 마치 "화음으로 가득 차는 둥근 하늘"(「밤의 음악」)처럼 보인다. 『말뚝에 묶인 피아노』에 등장하는 흰, 구름, 금빛, 태양, 꽃, 새, 나비 등과 같은 경쾌한 이미지들의 목록은 이루 헤아릴 수 없을 정도로 거대한 하나의 박물지를 이루고 있는 터이다(그래서 시인의 시적 자아는 단연 신록의 유월을 선호하는 듯하다. 온갖 감각의 향연을 보여주고 있는 〈유월〉 연작 5편의 시가 탄생한 배경이 아닐까 싶다). 이러한 아폴론적 충동이 추동해낸 꿈의 세계가 바로 "우린 평화를 사랑하는 태양과 장기 계약을 맺고/황금빛 시간의 부스러기들을 나눠 먹어요"(「산꼭대기 수선화 중창단」) 같은 목가를 만든다. 특히 이번 시집에서 가장 빛나는 성취를 보여주는 6편의 연작 형식의 시 〈경건한 숲〉에 이르면 이러한 특징들은 보다 분명하게 드러난다.

우거진 덤불마다 바위틈마다 죄를 숨긴 듯 어둡고 아늑한 곳, 비탈에는 키 큰 나무들 하늘을 향해 뻗어 있다. 시내처럼 반짝거리며 흘러내리는 햇살, 나는 쪼그리고 앉아 두 손으로 떠 마신다 몸 안으로 벌컥벌컥 차오르는 해, 순식간에 갈증이 사라지고 보인다 금빛 지느러미들 먹이를 찾아 헤엄쳐 오는구나 나는 빛의 지느러미를 씹어 먹고 빛처럼 가벼워져서 깔깔거리다가

수상한 계절, 적이 남하하고 있다 나무는 몰락이 두렵다
　온몸에 부적을 붙인다

—「경건한 숲—단풍」 전문

　　"시내처럼 반짝거리며 흘러내리는 햇살" 같은 구절에
서 보이는 시내/물과 햇살/불의 확장적 이미지와 상승적
이미지의 결합은 마침내 "금빛 지느러미"라는 더없이 투
명하고도 활기찬 상징적 이미지로 수렴된다. 그리하여
시인의 시적 자아는 "빛의 지느러미를 씹어 먹고 빛처럼
가벼워"지기에 이른다. 서영처의 시들이 직조해내는 이
같은 투명한 풍경 속에는 무엇보다도 우선 온갖 빛("치
사랑의 별빛", 「밤의 음악」)과 소리(특히 종소리)들로 가득
차 있는 것처럼 보인다. 『말뚝에 묶인 피아노』에 있어서
빛은 음악의 다른 표현에 지나지 않는다. 시인은 "힘겹
게 눈뜰 때마다 기슭으로 물결치는 음악들"(「붉은 밤」)이
라고 노래하고 있는 터이다. 또한 "바이올린의 고음 같은
햇살"(「노란 샤쓰의 사나이」)이란 표현을 음미해보라!
　　물론 그렇긴 하다. 음악의 신 아폴론은 동시에 태양/빛
의 신이기 때문이다. 아폴론은 소리와 빛으로 모자이크
된 공감각적 신의 이미지이다. 그렇게 서영처의 시 세계
에 있어서 음악과 태양은, 소리와 빛은 같은 종에 속해 있
는 것처럼 보인다. 그래서 가령 슬픔이나 우울, 절망, 체
념, 한 같은 부정적 감정들 역시 이 아폴론적 꿈의 세계

속에서는 끈덕진 처연함으로까지 내딛지는 않을 것이다
[옛 어른이 '애이불상(哀而不傷)'이라고 한 경지이리라]. 아
니, 어쩌면 서영처의 시 세계 속에는 그러한 부정적인 감
정들이 전혀 존재하지 않는 것처럼 보일 정도로 활력적
이고 역동적인 음악적 – 유목적 이미지들로 가득 차 있다
고 말해야 한다. 『말뚝에 묶인 피아노』의 시들이 삶의 원
초적 자리를 기억하고 환기시킬 때, 거기에서 시는 햇살
가득한 오후의 한낮 같은 동화적 – 설화적 풍경을 만들어
내는 것이다. 그때 이 설화적 풍경 속의 삶은 빛과 소리로
모자이크 된 유목적 삶과 생명의 활력으로 들끓게 된다.

　지난겨울 매설했다
　초록의 톱니를 두른

　밟히고 밟혀 문들어진
　문들레 민들레

　잔디밭 가로지르는 발꿈치 뒤로
　수백 개 해가 뜬다

　째깍, 째깍,
　조심해라! 밟으면 터진다, 노―란
　발목을 날려버리는 대인 지뢰

하늘에도 피었다

흰 구름 폭발하는 곳 꽃,

절름거린다

목발 짚은 봄

—「경고, 민들레」전문

그럼에도 불구하고, 서영처 시 세계의 배면은 삶의 활력과 생명의 열기가 절정에 이른 지점에서 잠시 어둠의 그림자 또한 가지고 있다는 것도 사실이다. "천년이 하루 같은 고요 속으로 깊어가는 겨울"(「침묵 수도원」) 같은 풍경이 그 세계의 배면을 이루고 있다는 뜻이겠다. "온 산 만장 같은 진달래 산벚나무"(「다시 봄날」) 같은 구절에서 보이듯, 경쾌하게 타오르는 생명력의 상징일 꽃의 이미지 속에도 죽음('만장')과 같은 어두운 그림자가 동반하고 있는 것이다. 밝음의 절정에 이른 삶은 동시에 죽음과 같은 어둠에 맞닿아 있다는 뜻일까? 어쨌든 아폴론적 꿈의 세계에서 이 어둠의 그림자야말로 오히려 삶과 생명의 활력을 더욱 생생하고 강하게 드러내는 역할을 한다는 것은 분명해 보인다.

사실상 상승과 확장이라는 서로 평행하는 두 계열체의 대위법적 이미지들로 구성된 서영처의 시 세계는 어둠이나 죽음 같은 부정적 계열의 이미지들이 들어설 여지를 원천적으로 차단하고 있는 듯하다. 꽃이나 나무, 새, 구름 같은 활력적인 상승의 이미지들이 만들어내는 음악적 풍경과 숲이나 사막, 강, 초원 같은 광대한 확장의 이미지들로 조형된 유목적 풍경은 그런 부정적인 뉘앙스의 에너지들에게는 어떤 자리도 마련하고 있지 않기 때문이다. 거기에서는 오직 경쾌하고도 활력적인, 동시에 거칠고도 야생적인 생명과 삶의 에너지들만이 똬리 틀고 있는 것이다. 어쩌면 시인에게 있어서 시의 노래는 '살아 있는 형식'으로서의 음악이 된 야생적 삶이라고 해야 할지도 모른다. 서영처의 시 세계에서 시는 그 자체로 삶이 된 노래의 다른 이름이기 때문이다. 마치 시인의 노래 속에 등장하는 저 유랑하는 맹인 가수나 집시 여인의 삶처럼 말이다. 그 삶은 아마도 다음과 같은 '매기'의 삶과 다르지 않을 것이다. ▨

세월의 둘레를 흐르는 강, 매기가 살았지
봄 가뭄 든 강처럼 잠은 얕고
슬픔은 늙은이의 등에 들러붙어 떨어지지 않았지
너는 매기의 딸, 풍금을 쳐보렴
페달이 일으키는 바람 속으로 매기를 불러보렴
큰 바다 어디쯤 해바라기하며 빛을 모으는
어미의 시퍼런 운명을 너끈히 받아내렴
—「옛날의 금잔디」 부분